Pipo

Pitou

Youpi

Boum

Passer des vacances à la ferme, c'était le rêve de
Caroline et de ses petits amis.
Quelle chance !
Oncle Michel et tante Véronique les ont invités...

PIERRE PROBST

Caroline

à la ferme

HACHETTE *Jeunesse*

Le soleil brille. Les blés dorés sont mûrs. Sur sa moissonneuse-batteuse, l'oncle Michel est en train de les couper.

« Le pain sera bon ! » dit Boum qui s'y connaît.

« Je dois me rendre en ville, dit tante Véronique, et je vous confie la ferme. Vous irez ramasser les œufs que les poules ont pondus dans la paille sous le hangar. A mon retour, vous mangerez une bonne omelette pour le dîner. Surtout, soyez sages et prudents !

— Partez tranquille, tante Véronique ! » répond Caroline.

Le coq de la ferme lance un cocorico qui éclate comme le son du clairon et qui signifie :

« Tout le monde dans la cour pour la revue ! »

Caroline, la nouvelle fermière d'un jour, veut connaître tous les hôtes de la basse-cour. Les poules caquettent, oies et dindons se mettent au garde-à-vous.

On veut montrer que l'on a voix claire, superbes plumes, joli groin ou longues oreilles selon que l'on appartient à la famille volatile, à la famille cochon ou à la famille lapin.

« Madame la poule, permettez que je prenne ce bel œuf que vous avez pondu ! » dit Bobi, très poli.

Caroline, elle, se fâche :

« Vous n'allez pas me faire croire, dit-elle à Pouf et Noiraud, que l'on peut confondre œufs de poules et œufs de moineaux ! Allez vite reporter ces petits œufs là où vous les avez dénichés ! »

Pouf et Noiraud, honteux et confus, obéissent.

Ho! Hisse! Nos petits agriculteurs entassent sur la remorque les bottes de paille restées dans le champ après la moisson. Mais que ces bottes sont lourdes! Youpi va-t-il perdre l'équilibre?

« Quant à vous, dénicheurs de petits oiseaux, votre rôle sera d'empêcher les corbeaux voraces de venir s'abattre sur le champ de petits pois! » ordonne Caroline.

Pouf et Noiraud s'éloignent en faisant la grimace.

« Noiraud ! murmure Pouf qui tremble de toutes ses pattes, j'ai peur, je les entends qui s'approchent. Que font-ils donc ?

— Ils mangent, pardi ! répond Noiraud, mais chut ! Tais-toi et ne t'agite pas ainsi !

— Noiraud ! continue Pouf, je n'y tiens plus sous ses guenilles, sauvons-nous ! Les corbeaux ne nous verront pas, ils ont trop peur des épouvantails !

— D'accord ! dit Noiraud, filons d'ici ! »

Les corbeaux se moquent bien des épouvantails. Surtout, quand il s'agit de deux chats déguisés qui prennent la fuite.

Une nuée d'oiseaux noirs prend son envol et se met à la poursuite des fuyards, croassant affreusement et s'amusant à leur faire peur.

« Vite, Pouf ! hurle Noiraud, jetons-nous dans la mare aux canards, c'est le seul moyen de leur échapper ! »

« Les corbeaux sont partis, dit Noiraud, sortons d'ici, ces grenouilles sont d'un sans-gêne ! »

A ce moment, on entend le bruit d'un tracteur qui s'approche et s'arrête. Un immense éclat de rire part du sommet des bottes de paille.

« Alors, on se baigne ? s'écrie Caroline. Je me doutais bien que les travaux de la ferme n'étaient pas faits pour les chats ! »

Pour se remettre de ses émotions, rien de mieux qu'un peu d'équitation sur les poneys qu'oncle Michel a en pension. Mais n'est pas cavalier qui veut ! La monture de Boum s'enfuit sur sa selle, celle de Kid rit de toutes ses dents.

Pouf monte sur son poney sens devant derrière. Quant à Boum, catastrophe !, il plonge tête la première dans l'abreuvoir. Seuls Caroline et Noiraud sont de bons cavaliers ; ils galopent joyeusement à travers prés.

La traite des vaches posera-t-elle moins de problèmes aux apprentis fermiers ? Tous l'espèrent. Mais…

« Capucine refuse de se lever ! grogne Noiraud.

— Le petit veau prend tout le lait ! crie Youpi.

— C'est normal, il n'est que pour lui, explique Caroline. Va vite traire une autre vache. »

Pâquerette n'arrête pas de donner des coups de queue. Heureusement, Boum trouve une bonne façon de la faire arrêter ! Fleurette, elle, meugle parce que Kid tire trop fort sur ses pis.

Cependant, peu à peu, les seaux se remplissent de bon lait crémeux.

Les petits amis ont bien travaillé : ils ont mérité un grand bol de lait. Tandis qu'ils se régalent, Pouf demande :

« Qu'est-ce que c'est cet outil accroché au mur ?

— C'est un fléau, révèle Boum, très savant. Autrefois on l'utilisait pour battre les épis de blé afin d'en extraire les grains. Je vais vous montrer comment on faisait… »

Boum décroche le fléau et commence à le faire tourner comme un lasso.

« Arrête ! » hurle Caroline.

Trop tard ! Et bonjour les dégâts ! L'outil cogne la tête de Kid, heurte la lampe qui vole en éclats, s'abat sur la patte de Youpi, frappe le nez de Boum, puis fauche le panier d'œufs !

Adieu la bonne omelette prévue pour le dîner !

Caroline a pansé de son mieux les petits blessés. Il est maintenant temps de réparer les dégâts. Soudain, la porte s'ouvre...

Que dire ? Mieux vaut raconter la vérité. Tante Véronique et oncle Michel ne se fâchent pas : ils sourient devant les mines déconfites des apprentis fermiers.

« Tant pis ! dit tante Véronique. Faute d'œufs, il n'y aura pas d'omelette ce soir, vous mangerez une bonne soupe aux choux ! »

Bobi

Kid

Noiraud

Pouf

Imprimé en France par I.M.E. - 25110 Baume-les-Dames
Dépôt légal n° 1622 - Juin 1994
22-10-2423-07/6
ISBN : 2-01-012472-3
Loi n° 49-956 du 16 juillet 1949 sur les publications
destinées à la jeunesse - Dépôt 06-94